KB076876

착한 사람에게만 보이는 시

착한 사람에게만 보이는 시

봉황중학교 학생시집

제1판 제1쇄 발행 2016년 2월 9일
제1판 제2쇄 발행 2016년 11월 21일

엮은이 최은숙
지은이 봉황중 첫시동인
펴낸이 강봉구

편집 김윤철
디자인 비단길
인쇄제본 (주)아이엠피

펴낸곳 작은숲출판사
등록번호 제406-2013-000081호
주소 100-250 경기도 파주시 신촌로 21-30(신촌동)
서울사무소 100-250 서울시 중구 퇴계로32길 34
전화 070-4067-8560
팩스 0505-499-8560
홈페이지 http://www.작은숲.net
이메일 littlef2010@daum.net
페이스북 http://www.facebook.com/littlef2010

ISBN 978-89-97581-92-4 43810
값은 뒤표지에 있습니다.

봉황중학교 학생시집

착한 사람에게만 보이는 시

봉황중 첫시동인 지음 | 최은숙 엮음

차례

1부 혼날 때

2부 사춘기

3부 세상에서 가장 맛있는 라면

4부 작심이틀

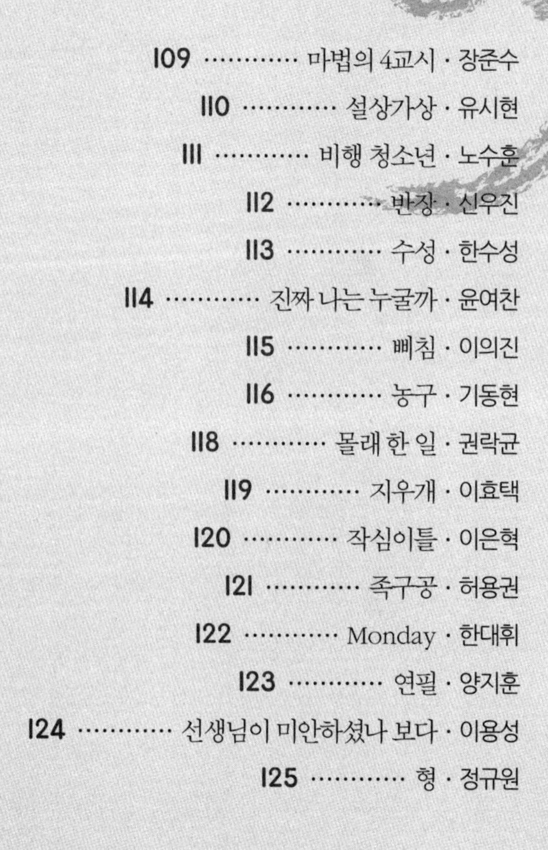

머리말

청소년이 쓴 '청소년 시'

1

이제 겨우 연필을 쥘 힘이 생긴 어린아이들이 그림인 줄도 모르고 그리는 그림처럼 시가 뭔지 모르는 아이들이 시를 썼습니다. 아이들의 그림에는 원근도 명암도 비율도 없지요. 연필 끝에 집중된 저의 생각이 있을 뿐입니다. 아이들의 시도 그렇습니다. 제가 하고 싶은 말이 있을 뿐, 독자에 대한 배려도, 평자에 대한 고려도 없는 그야말로 '범 무서운 줄 모르는 똥강아지'들의 언어입니다. 아이들은 연필이 쓱쓱 지나간 공책을 들고나와 제가 쓴 것이 시가 맞느냐고 물었습니다. 시와 관련된 시험문제는 많이 풀었지만, 시라는 것을 찾아 읽거나 써 본 경험이 거의 없는 아이들이나, 시와 관련된 시험문제는 많이 내보았지만, 시라는 것을 한 번 써 보도록 멍석을 깔아주지 못한 국어 선생인 저나, 시가 뭔지 잘 모르기는 마찬가지입니다.

그러나 이처럼 막무가내인 시를 본 적이 많지 않습니다. 물고기처럼 팔딱거리며 툭툭 가슴을 치는 싱그러운 언어를 경험해 본 적이 거의 없습니다. 자신 있게 최고의 시라고 대답했습니다. 아이들의 얼굴에 번지는 순수한 기쁨이 얼마나 예쁜지, 얼마나 저를 미안하게 하는지 모릅니다. 어른들의 시를 앞에 두고 공부할 때는 제 가슴만 뛰었습니다. 아이들은 혼자 즐거워하는 저를 감상했지요. 그런데 저희가 쓴 시를 교재로 삼자 교실이 들썩거렸습니다. 웃고 떠들면서 45분 수업이 5분처럼 흘러갔습니다. 저는 그것이 공감(共感)의 힘이라고 생각합니다. 친구들이 쓴 시는 남의 이야기가 아니라 자기들의 이야기인 거죠. 기쁨도 슬픔도 당면한 문제들도 자기들의 것입니다. 이토록 신나게 시를 즐기는 아이들인데 그들을 소외시킨 것이 미안합니다.

2

어른 시인들이 아이들의 감정을 대변하는 '청소년 시'란 장르가 생겼습니다. 시가 어려워서 읽지 못하고 멀어져 버린 아이들에 대한 반성이라고 생각하고 있습니다. 제가 바라는 것은 지금 실험하고 있는 '청소년 시'를 징검돌 삼아 아이들이 직접 자기의 목소리를 낼 수 있게 되는 것입니다. 그래서 청소년 시인의 반열에 아이들도 당연히 어깨를 겯고 올랐으면 좋겠습니다. 어른들이 중요하게 생각하는 것과 아이들이 눈길을 주는 지점은 다릅니다. 어휘도, 말하는 방식도 참으로 다릅니다. 청소년 시가 자기 이름에 값하며 생명력을 잃지 않으려면 다른 누구보다도 아이들이 읽고 쓰고 즐겨야 한다는 것이 저의 생각입니다.

≪착한 사람에게만 보이는 시≫는 자신이 쓴 시가 정말 시라는 것을 인정받는 아이들의 첫 경험입니다. 그래서 '첫시'라는 이름을 붙였습니다. 눈이 착한 사람이면 읽을 수 있을 것입니다. 엄마, 선생님, 형, 친구 할 것 없이 수틀리면 사정없이 '까' 버리는 아이들이 바라는 것이 무엇인지를, 또한 그 대상과 얼마나 순수하게 자신을 연결하고 있는지를 말입니다. 저는 그것을 생명력이라고 읽었습니다. 생명이 밀어내는 것들, 생명

이 끌어당기는 것들이 시 속에 충만합니다.

3

시집을 엮으면서 '현주소'라는 말을 떠올리곤 했습니다. 영악하든 가볍든 협소하든 아이들이 쓴 시는 아이들의 현주소를 말해 줍니다. 바로 거기에 함께 서서 눈을 맞추고 내 곁에 있는 사람들과 내가 딛고 있는 땅을 더 깊고 넓게 사랑하는 법에 대하여, 그리고 그 사랑을 좀 더 섬세하게 표현하는 법에 대하여 이야기를 나눌 수 있는 자리에 제가 있다는 사실을 새삼 생각했습니다.

그들의 언어로 그들의 빛나는 한때를 기록할 수 있게 해준 작은숲 출판사의 강봉구 대표께 감사드립니다. 해설을 써 주신 오철수 선생님 고맙습니다. 평론가 선생님의 관심과 격려가 아이들에게 큰 선물이 될 것입니다.

2016년 공주 봉황중학교에서 최은숙

1부

혼날 때

혼날 때

3학년 김태민

부모님께 혼날 때를 생각해 보면
늘 같은 유형이다
말대꾸하면
뭘 잘했다고 말대꾸야!
말 안 하면
대답 안 해!?
다른 데 보고 있으면
엄마 얼굴 똑바로 봐!
얼굴 똑바로 쳐다보면
눈 안 깔어?

어쩌라는 거지?

관계

1학년 원지형

둘 다 어려울 때만 협력한다
엄마가 피곤할 때
한 명이 걸리면 불똥이 튀어
피해 입은 사람의 따가운 눈총을 피할 수 없다
실수가 생기면 서로 도와가며
위기를 모면한다

동생만 숙제를 못했을 때는
엄마한테 꼬질른다
물론 동생도 그런다
남의 불행은 나의 행복
그래도 동생이 없으면 심심하다
가끔 좋고
대부분 싫은 내 동생
'니 엄마도 내 엄마란다'

몰겜을 할 때 두 가지 경우의 수

2학년 최민기

학교 끝나고 잠깐 시간이 남았다

컴퓨터를 켜고 게임을 한다

몇 분 후

삐리리릭~

도어락 소리

그 순간 본능처럼 컴퓨터 스위치를 발로 끈다

이제 엄마냐 아빠냐가 중요하다

아빠면 80% 사는 거고

엄마면 100% 죽는 거다

TV 싸움

2학년 엄창준

나와 동생이 다른 프로그램을 보려고 서로 다툰다
리모컨을 뺏어서 채널을 돌리면
동생이 티비를 끄고
다시 켜면 또 끄고
보고 계시던 아빠가 말 없이
채널을 돌려 야구를 보신다

나와 동생은 방으로 들어간다

아침

3학년 전종혁

나는 오늘도 늦게 일어났다
어머니는 서둘러 밥을 만드시고
아버지는 양말을 찾느라 바쁘시다
동생은 아직도 꿈나라다
아버지가 소리치신다
"내 양말 어딨어?"
어머니가 소리치신다
"찾아봐요!"
우리 집 아침은 아수라장
서둘러 밥을 먹는다
오늘도 하루가 시작된다

다녀오겠습니다!

단풍 엽서

3학년 이효택

방 청소하다가
할머니의 메모장을 보았다
'효택이 초등학교 들어가는 걸 보고 싶다'

애석하게도 할머니는
입학식을 보지 못했다
9년 만에 보는 할머니 글씨

슬프게도 슬프지 않다
내 마음은 고장 난 걸까?

거짓말의 이유

1학년 김지영

나도 가끔 거짓말을 한다
바로 게임할 때
엄마와 약속한 시간보다 조금 더하고
시간을 지켰다고 한다

하지만 엄마는 항상 거짓말을 한다
밤늦게 일하고 들어와도 힘들다고 안 하고
놀러 가기로 하고 힘들어서 못 간다고 한다
아파도 아프다고 말을 못 하고
슬퍼도 우리 몰래 운다
사람은 나쁘기 때문에 거짓말을 하는 것이 아니라
소중한 사람을 위해 하는 것이다

층간 소음

2학년 김봉식

아래층이 오늘도 어김없이 문을 세게 닫는다
바로 위층에서 파동이 일어날 정도이다

짜증이 난 엄마가
그 육중한 무게로 점프하며 쿵쾅쿵쾅 복수하고
휙 나가신다

아래층이 빡쳐서 올라온다
초인종을 열나게 누른다 난 쫄아서 아무도 없는 척한다
나는 컴퓨터만 하고 있었는데 이게 무슨 일인지

한국 오는 길

2학년 송위동

나는 중국에서 엄마와 산을 넘어왔다
나는 아홉 살이었다
브로커들이 산을 같이 넘어 주면
기다리고 있던 버스를 타고 어디론가 가서 며칠을 살고
다시 배를 타고 감옥같이 생긴 곳에 가서 석 달을 살았다

남자는 이 층 여자는 삼 층
한국으로 넘어오려는 사람들과 함께 지냈다
아홉 살 전에는 어떻게 살았는지 기억이 잘 안 난다
그 산을 넘을 때 딱 하나
기억에 남은 말이 있다
"너 여기서 포기하면 엄마는 그냥 간다."

너무나 힘겨운 시간이 가고
우리는 한국에 왔다
2년 뒤, 중국에 있던 아빠도 오시고 동생도 태어났다

불안하지 않아서 행복하다

엄마가 북한으로 다시 잡혀갈까 봐 무섭던 날들

그때를 생각하면 너무 마음이 아프다

아침 전쟁

1학년 서병훈

어디선가 들려오는 익숙한 목소리
사이렌 가동!
애벌레에서 나비가 되기 위해 발버둥 치는 나
앞으로 시간이 얼마 남지 않았다
제시간에 나비가 되지 않으면
곧 아빠의 어둔 그림자가
날 덮칠지도

돌멩이 같은 밥 꾸역꾸역
억지로 마지막 한 톨까지

곧 시한폭탄이 터질 것 같은 시간
폭풍 샤워 시작
물소리보다 큰 엄마의 쇳소리

1초가 1분 같은 엘리베이터 기다리기

차에 탑승, 이제 시간과의 추격전 시작

과연 난 제시간에 학교까지 도착할 수 있을까?

양치

1학년 임인호

일주일에 한두 번
시골 할머니 댁에 간다
양치는 안 하고 바로 교복을 입는다
원래 나는 양치질을 잘 했다
우리 형은 양치를 싫어한다
할머니가 매일 형한테 동생 좀 본받으라고 한다
그래서 우리 형이 나한테 협박을 한다
'양치 좀 적당히 해라~'

부모님은 시간 없다고 치약도 안 사 주시고
내 돈으로 사고 점점 욕만 듣고
그렇게 욕 듣는 것도 지겨워
이제는 양치질을 안 한다

아빠의 잠꼬대

2학년 안정준

아빠는 항상 늦게 들어오신다
나는 아빠에게 "다녀오셨어요." 한마디 하고 방으로 들어가 버린다
화장실에서 씻고 잠자리에 누우실 때
"아고 허리야, 아고 어깨야."
아빠의 앓는 소리가 들린다
자다 깨서 부엌으로 물을 마시러 가다가
주무시는 아빠를 본다
아빠가 욕을 하신다
"어우 썅 씨."
그 말을 들으면 괜히 마음이 아파 온다
학교 갈 때쯤 아빠를 깨우면 "아우 죽겠네." 하신다
아무 말 못 하고 회사 갈 준비를 하시는 아빠를 묵묵히 기다린다
사랑해요 아빠

우리 누나들

1학년 노영우

누나들은 폭력배다
각각 때리는 방법이 다르다
첫째 누나는
말대꾸하면 침대에 눕혀 퍽퍽
둘째 누나는
컴퓨터를 하고 있으면 나오라고 한다
즉시 안 나오면 발길이 날아온다
'아, 왜 때려!' 하고 화를 내면
그냥 깔깔깔 웃는다
컴퓨터 좀 하다가 잠깐
화장실에 다녀오면
게임을 끄고 누나가 컴퓨터를 하고 있다
제발 누나들이 대학교에서 오지 말았으면 좋겠다

착한 사람에게만 보이는 시

3학년 황선재

낚시는 기다림이다

2학년 서동혁

나는 금요일에는 항상 들떠 있다
왜냐하면 낚시를 할 생각에
머릿속은 이미 낚시터에 가 있다
학교 끝나고 바로 집으로 가서
낚시 장비를 챙기고 공주 자연농원 낚시터에 간다
낚싯대 펴고 떡밥 비비고 낚시 준비 끝
국그릇만 한 그릇에 담긴 떡밥을 밑밥으로 다 주고
붕어들이 많이 모이면 글루텐을 비벼 던진다
글루텐 냄새는 정말 향긋하다
물속에 담긴 찌가 서서히 올라온다
그 순간 낚싯대를 손목으로 톡 치면
입에 걸려 올라온다
그때의 손맛은 정말 죽인다
안 잡히는 날도 있지만 그때는
하염없이 붕어들을 기다린다
기다리면 언젠가는 온다

낚시는 기다림이다

기다리는 것도 재미있다

여자 친구

2학년 최진환

여자 친구 소개를 받았다
얼굴도 이쁘고 마음이 착하다 개이득이다
서로 사진을 교환하고 연락을 주고받았다
그리고 고백을 하였다 받아 줬다
하루, 이틀, 잘 지냈는데
카톡이 왔다
마지막 말은 "미안해."이다
들어가 보니 이별 통보였다
짜증 나지만 받아들였다
난 남자니까

눈물 젖은 치킨

3학년 전세권

서든어택에서 한 사람을 만났다
핵 프로그램을 산다고 했다
그래서 카톡으로 거래를 했다
나는 돈만 받고 카톡을 무시했다
이틀 후, 이 사람이 신고를 했다고 하였다
나는 겁주려고 하는 줄 알고
느그 엄마 사망 신고?
라고 패드립을 했다
며칠 뒤,
서울 광진 경찰서에서 전화가 왔다
나는 합의금과 벌금을 낸 뒤 조사를 받았다
만 원 받고 십만 원 벌금 냈다
경찰 아저씨가 물었다
"그 돈으로 뭐했어?"
"치킨 사 먹었는데요."
그 치킨의 맛을 잊을 수 없다

엘리베이터

3학년 김종진

지하 2층에서부터 소변이 급한 나는
엘리베이터 버튼을 누르려고 달려간다
층을 보니 맨 꼭대기 층
급하긴 하지만 별수 있나
머리 쥐어뜯으며 참았다

드디어 엘리베이터 도착
희망찬 마음으로 들어갔다
하지만 지옥이 시작되었다
지하 1층 할아버지께서 타신다
억지웃음을 지으며 인사 드린다
이제 됐겠지? 생각했다
3층에서 멈췄다 아줌마께서 타셨다
안녕하세요? 다시 억지인사를 드렸다

다들 내리시고 나 혼자 있다

미리 벨트를 풀고 손을 풀어

비밀번호를 칠 준비를 했다

다시는 느끼고 싶지 않은 경험이었다

씨름

2학년 조대진

충남 학생체전에 나가서 1등 했다
나는 하루 종일 웃고 다녔다
밥 먹을 때도
화장실에 가도
자는 순간조차도
나는 웃고 있었다

거짓말

2학년 정양진

나는 예전부터 거짓말을 했다
어릴 때 학원을 빠지기 위해 거짓말을 했다
이젠 나도 모르게 거짓말을 한다

이러다 나도 모르게 잘못된 말을 해
위험해지진 않을까 걱정이다
이젠 거짓말이 걱정으로 바뀌었다

또 거짓말을 해 버렸다
이번엔 약속을 어겼다
엄마와 컴퓨터를 2시간만 하기로 했는데
3시간을 하고 2시간을 했다고 거짓말을 했다

이젠 입을 막고 싶다
거짓말을 그만하고 싶다

부재중 47통

1학년 김유성

초등학교 2학년 때
영어를 마친 뒤 피아노 학원에 가는 길에
친구가 30분만 놀자 했다
계속 놀다 보니 4시 30분
피아노 선생님에겐
친구랑 놀다가 다쳐서 못 간다고 하였다

딱 30분만 더
하다 7시가 되었다
방방 아줌마 아들이 같이 놀자고 하였다
한동안 신나게 방방을 탔다
핸드폰을 봤더니 9시
부재중 전화 47통

깜짝 놀라 집에 가려는데

뒤에서 엄마 아빠가 친구들에게

유성이 어디 갔느냐고 물으며 날 찾고 있었다

조심스레 '나, 여기 있어' 하는 순간

사랑의 매가 날아왔다, 그리고

다음부터 거짓말하지 말라며 소고기를 사 주셨다

못 잊을 하루였다

시험

2학년 최민기

부모님은 종종 물어보셨다
성적표 안 나왔니?

심판의 날이 왔다
걱정했던 엄마는 한두 마디 하시고 말을 하시지 않으셨다
혼내지 않을 것 같은 아빠한테 보여 드렸다
반전이었다
아빠는 항상 이렇게 말했다
아빠가 시험 못 본다고 뭐라고 했니 인간만 되랬지
순간 나는 느꼈다 아빠가 거짓말을 했다고
아빠의 꾸지람을 듣고 느꼈다
시험이라는 것은
성적이라는 것은
나 자신의 가치를 판단하는 것이라고

비

3학년 백승준

나는 이번 시험도 망했다
시험 답안지에 비가 줄줄이 내린다

집을 향하는 발걸음이 무겁다
그리고는 비가 내렸다

비는 내 마음을 깨끗이 씻어 주었다
왜인지 모르게 기분이 한결 나아졌다

비야, 내가 슬프거나 외로울 때
이렇게 내 마음을 씻어주렴

엄마의 잔소리

2학년 임정우

오늘도 나는 집으로 간다
집에 오자마자 쓰러진다

층간 소음 같은 엄마의 잔소리
귀에 딱지가 터져서 피가 나올 것만 같다

공부를 하러 방에 들어가지만
내 손에는 연필 대신 스마트폰이 뎅그러니 놓여 있다

쿵. 쿵. 끼이익……
그러나 역시 어머니의 CCTV 능력 때문에
결국 스마트폰에 은팔찌가 채워진다

나는 방 안에 멍하니 누워 있다
나는 아무런 생각이 없다
점점 졸음이 밀려온다

우리 형

1학년 박진수

공주고등학교에 다니고 있는
3학년 문과이다
역사 선생님이 되고 싶다고 한다
고3인데도 엄마가 안 계실 때 밥도 해 주고
공부도 가르쳐 주는 우리 형

수능이 얼마 남지 않았다
형은 고려대를 가고 싶어 한다
형이 고려대에 붙었으면 좋겠다
역사 선생님이 됐으면 좋겠다
우리 엄마도 그렇게 생각할 것이다

시 · 정민식
이 무슨 불금 · 김태건
남자 중학교 · 양원모
과학 쌤 · 김준성
PC방 가자 · 권호영
하이에나처럼 · 이해성
완전 범죄 · 강인한
밝혀야 한다 · 최서형
사춘기 · 최수빈
소개팅 · 신범섭
고백, 후회 · 김승원
음악 사랑, 임정연 · 전세권
놀이 기구 · 유병현
웃기다 · 윤종환
내 엉덩이 · 임영광
두고 보자 · 조형기
내 친구 박 모 군 · 우호준
송현이 · 강신호
태준이 · 이민준
누나 · 윤성구
우리 가족 · 오세현
야자 · 박수호
봐준다 · 이승은

2부
사춘기

시

3학년 정민식

아침에 일어나니 벌써 여덟 시
지각은 아니겠지 혹시
학교에선 호경이의 드립을 무시
수업 시간에 졸다 보니 이제 4교시
오늘 학교 급식 아이스 홍시
학교 끝나니 벌써 다섯 시
하굣길에 생각나는 건 메시
메시가 생각나는 건 게임하라는 신의 계시
하지만 집에서 게임하는 나는 엄마에게 눈엣가시
엄마는 컴퓨터 금지령을 실시
빨리 공부하라는 엄마의 지시
공부에 집중하다 보니 어느새 밤 열두 시
이제 잠을 자면 또다시
아침이 오겠지
역시……

이 무슨 불금

2학년 김태건

빨리 집에 가려는 일념으로

나름 조용히 시간이 갔다

그런데 마지막 교시에 일이 터졌다

김 모 군과 임 모 군이 입을 포기하고

주먹으로 대화했다

아이들이 정신줄을 놓아 버렸다

선생님이 꼭지가 돌았다

다 남았다 싸운 놈들은 책임 회피만 반복했다

시간이 갔다

30분

40분

50분

그렇게 6시까지 있다가 하교했다

쉴 시간은 날려 먹고 학원에 처박혔다

졸업하고 싶다

남자 중학교

2학년 양원모

남중은 남자밖에 없다
여자? 꿈도 꾸지 말라
하지만 가끔은 기회가 있다
스승의 날
공연 있는 날
형들의 여자 친구가 찾아오는 날
아이들은 늑대같이 달려간다
창문에 매달려 우와우와 소리친다
누나 이뻐요!
군대에 걸그룹이 온 것만 같다

과학 쌤

3학년 김준성

우리 학교 과학 윤선옥 쌤은
인심이 참 그러시다

거 참 시험 끝나고 큰 거 바라는 것도 아니고
영화 한번 보자는데 기어이 수업을 한다

윤선옥 선생님의 눈은 CCTV 수준이시다
수업 시간에 자는 건 물론
쉬는 시간에 복도, 교실에서 싸움이 나면
이 돼지 쉐키들아!
하는 소리가 들리면서 쌤의 장작 같은 막대기가 나타난다
대단하시다

PC방 가자

2학년 권호영

오늘부터 금요일까지 시험 기간이다
게임을 하는 친구, 책 보는 친구, 공부하는 친구
1교시가 시작되었다
첫 시간부터 영어다
시험지 넘어가는 소리
침 삼키는 소리
이 가는 소리
손톱 무는 소리
시험이 끝나고
친구들은 답을 맞춰 보기 바쁘다
망했어!
망한 사람, 오늘 PC방 가자!
여기저기서 소리친다

하이에나처럼

3학년 이해성

누군가 떠들다 선생님에게 혼나면
굶주린 하이에나가 먹잇감을 본 듯
주변 아이들이 혼난 아이를 지적질한다
순간 우리 반은 동물의 왕국이 된다
정말 놀랍다

4교시 수업이 끝날 무렵이면
아이들의 눈은 시곗바늘에 고정된다
뒷문을 열어 놓고 다리 한 쪽을 밖으로 빼낸 뒤
굶주린 배를 채울 준비를 한다

종소리가 울리자마자
우사인 볼트처럼 몸을 앞으로 기울이고
급식실을 향해 거침없이 질주한다
장애물이 있어도 그들을 막을 수 없다
식판, 숟가락, 젓가락을 순식간에 집어 들고

급식을 받아 친구들과 떠들며 먹기 시작한다

밥을 다 먹어도 채워지지 않은 배를 부여안고
후문을 지나 근처 매점으로 달려간다
선생님께 걸릴 수도 있으니 미션 임파서블
영화처럼 바람처럼 매점에 다녀온다

완전 범죄

2학년 강인한

나와 기범이와 도욱이는 교장실 청소인데
갑자기 쨍그랑 소리가 났다

기범이가 교장실 화분을 깬 것이다
다행히 그땐 교장 선생님이 안 계셨다

우리는 급하게 화분 조각을 조립하고
화분에 있던 흙도 다 넣었다
정말 말끔하게 조립했던 것이다

며칠 뒤 선생님이 오셔서
"잠깐 교장 선생님과 할 얘기가 있으니까
오늘은 청소 안 해도 된다."
하셨다 그런데 선생님이 화분을 건드리셨다
우리가 깨뜨린 것을 또 깨뜨린 것이다
그래서 선생님이 깨뜨린 것이 되었다

정말 영화 같았다

밝혀야 한다

2학년 최서형

꿀 같은 쉬는 시간에
창문 바람을 타고 치명적인 냄새가 교실을 강타했다

어떤 색기야!
나만 맡은 게 아니었던 것이다

호성이가 가장 빨리 말했다
이건 창가 자리야

창가엔 창형이와 원모가 앉아 있었다
우리의 탐정 종묵이가 떴다

양원모, 너냐?
아니야
이창형, 너냐?
아니라고!

조용히 앉아 있는 애가 있었다

호성이

내 생각엔 호성이다

사춘기

2학년 최수빈

내 친구 홍윤기는 사춘기임이 분명하다

모든 대화를 성드립으로 승화시킨다

야한 짓도 잘한다 취미인 거 같다

그런 윤기한테 친구가 많다

심지어 여자 친구도 있다

윤기 여친이 윤기가 하는 짓을 보면

윤기의 뺨은 다 쓴 종이처럼 너덜너덜해질 것 같다

윤기의 어디가 좋을까?

이 시를 쓰다 보니 정말 궁금해진다

한번 알아볼까 고민 중이다

소개팅

3학년 신범섭

그 사람을 위해 이름은 밝히지 않겠다
저번 주 토요일에 소개팅을 나간 누구는
자기가 그 여자를 찼다고 말했다
솔직히 그 아이한테는 미안하지만
그 여자애가 걔를 찬 것 같다

고백, 후회

3학년 김승원

그 당시 6학년 재룡이라는 아이는
조OO이라는 여자아이를 짝사랑했다
마침내 선생님까지 그 사실을 아셨다
쿨한 우리 담임 선생님
수업 시간 1시간을 빼시고
책상과 의자를 뒤로 민다
다른 반 아이들이 몰려온다
우리 반 아이들은 모두 뒤에 앉아 긴장을 한다
재룡이와 조OO이라는 아이가 나온다
선생님께선 재룡이에게 카네이션을 주고
재룡이는 무릎을 꿇고 조OO에게 꽃을 바친다
조OO는 재룡이의 마음을 거절한다
재룡이의 얼굴을 보니 울 것 같았다
그 후에도 재룡이는 조O희를 짝사랑한다

이제 와서 재룡이에게 미안하다

그 때 소문내서 미안해 ㅋㅋㅋ

음악 사랑, 임정연

3학년 전세권

임정연은 허기명 쌤을 좋아한다
얼마나 좋아하냐고 물어보면
결혼하고 싶을 만큼 좋아한다고 한다
음악쌤♥임정연
이라고 하면 정연이는 좋아 죽는다
음악 시간만 되면 정연이는 좋아서 들떠 있다
음악 시간 수행평가 할 때는
일부러 틀려서 1대1 지도를 받기 위해
땀을 흘리면서 노력을 한다
하지만 허기명 쌤은 도와주지 않는다
그리고 허기명 쌤은 결혼했다

놀이 기구

3학년 유병현

나는 체육대회 때 씨름에 참가했다
우리 반은 지난 1학기 때 결승에서 졌다
이번에도 예선은 모두 쉽게 이겼다
난 feel이 좋았다
결승에서 상대 6반을 만났다
준호가 첫 번째 나가서 이겼다
그다음 내 차례였다
내 상대는 씨름부 서빈이였다
쫄렸다
하지만 내 얼굴을 믿고 나갔다
샅바를 잡는 순간,
놀이 기구를 탔다
나는 올라간 지 3초 만에 추락했다
그때 내 얼굴은 가관이었다
나는 숨이 안 쉬어지고 울었다
아무도 나를 위로해 주지 않았다

더 슬펐다

웃기다

2학년 윤종환

수업 중에 잠이 든 내 짝꿍

깨우면 안 잤어, 임마.

선생님이 깨워도, 안 잤어요.

입가에 침 범벅하고

거짓말을 한다

웃기다

내 엉덩이

2학년 임영광

윤기가 내 엉덩이를 겁나 세게 때렸다
소리는 내가 질러야 하는데 지가 지르는 거 아니냐
내 엉덩이가 너무 찰지다는 둥
웰케 엉덩이가 딴딴하냐는 둥 계속 징징댄다

수업에 집중하고 부반장이고 정직하고
선생님의 사랑을 듬뿍 받는 윤기가
죄 없는 내 엉덩이를 때려서
손이 풍선같이 부어올랐다

내 엉덩이가 그렇게 찰지냐?

두고 보자

2학년 조형기

오늘도 4반으로 공기를 하러 간다

나는 공기를 짱 잘한다

그치만 4반에는 잘하는 애들이 너무 많다

4반에 가서 공기를 하다 보면 실수할 때가 많다

관륭이가 노렸다는 듯이 바로 패드립을 한다

할 말은 없다

관륭이가 실수할 때 해 줄 욕을 궁리한다

관륭이 차례가 왔다

관륭이가 틀릴 때까지 기다린다

오늘 따라 관륭이가 너무 잘한다

욕할 말을 다 생각했는데 관륭이는 너무 잘한다

계속 기다리다 종이 쳤다

너무 허무하다

관륭이를 이길 때까지 공기를 연습하겠다

내 친구 박 모 군

3학년 우호준

박 모 군은 입만 살았다

선생님들께 맨날 혼날 때도

핑계만 대고 잘못을 인정하지 않는다

핑계가 안 통하면 울먹거린다

박 모 군이 울기 전에 하는 세 가지가 있다

첫 번째 머리를 흔든다

두 번째 눈을 깜박거리며 위를 본다

세 번째 입을 벌리며 한숨을 쉰다

마치 우리나라의 국회의원을 보는 것 같다

송현이

1학년 강신호

궁금한 게 많은 송현이
국어 샘이 열심히 설명하시는데
손 들고 큰 소리로 말한다

"샘, 새도 엉덩이가 있어요?"
"넌 지금 그런 질문을 하는 의도가 뭐니?"
"너무 궁금해서요."

국어 샘과 티격태격
재미있는 송현이
초코파이같이
새까맣고 달콤한 매력이 있다

태준이

3학년 이민준

태준이는 내 형제이다
아빠는 태준이 때문에 걱정이 많다
그러는 마음을 아는지 모르는지
친구들과 사진 찍는다고 할머니에게
돈 받고 바로 뛰어간다

과외 간다며 가족여행도 가지 않은 태준이는
키보드에 지문을 남기고 돌아온다
PC방 아줌마가 100원 깎아주면
좋다고 까까를 사 먹는다
그런 놈이 자기 피부는 소중한지 '착착' 거리며
스킨로션을 코팅한다
그런 놈이 스스로 주말 보충을 신청하네

걱정이 많은 아빠는 그걸 보고
스스로 할려 하면 됐지

라며 실실 쪼개신다

누나

2학년 윤성구

학교가 끝나면 공주대학교로 걸어간다

공주대학교에 가면 누나들이 많다

누나들을 보자마자 바로 스캔한다

글래머한 누나들을 보면

기분이 좋아 눈치를 보면서 계속 쳐다본다

예쁜 누나들을 보면

기분이 좋아 웃음이 나온다

하지만 내 친구와 나는

솔로 인생이다

우리 가족

3학년 오세현

우리 누나는 고3이다
누나는 요즘 수시 원서 쓰느라 바쁘다
누나는 총 8개의 대학에 지원했다
붙은 데도 있지만 떨어진 곳도 있기 때문에 누나가 슬퍼 보인다
그럴 일은 없겠지만 만약 누나가 재수를 한다면 돈이 많이 들 것이다
내 학원비도 많은데 어떡하지?
앞길이 막막하다
누나가 대학을 들어가도 학비하고 하숙비 때문에 만만치 않을 것이다
그래도 누나가 꼭 원하는 대학에 들어갔으면 좋겠다
나도 공부를 열심히 해서 나와 내 누나 뒷바라지 하느라
힘드신 우리 부모님 호강시켜드려야겠다

야자

3학년 박수호

이번에도 야자동의서가 왔다
동의서를 아버지께 보여드리고
무심코 말 한마디를 던졌다
"고등학교 가면 10시까지 야자 하네."
그러자 아버지께서 말씀하셨다
"10시까지 하는 야자를 버텨야
회사에서 야근도 하는 거다."
나는 무언가 뭉클해지는 감정을 느꼈다

봐 준다

1학년 이승은

형이 잘하는 건 요리다
요리는 맛있지만 뒤처리가 엉망이다
요리를 해도 자기가 다 먹어 치운다
학교에서 하는 일은 잠자는 것일 거다
말하는 것은 전형적인 교관
그래도 요리를 잘하니까 봐 준다

박홍준 · 백승준

빠르다 · 정찬영

묵찌빠 · 석인혁

내일은 꼭 · 하성연

차별 · 조민호

공부 · 김준엽

메르스 · 이영규

선생님 · 신수환

그 시간 · 이성건

수학 쌤들이 보면 안 되는 시 · 이영섭

10초의 기쁨 · 송석이

편의점 · 유용석

세상에서 가장 맛있는 라면 · 이정탁

돌아온 형들 · 안중섭

하루의 원동력 · 오창일

와이셔츠 · 김준형

엄마 · 오종묵

꾀병 · 이건화

아, 짝사랑 · 유병현

KBO 리그 · 전현구

3부
세상에서 가장 맛있는 라면

박홍준

3학년 백승준

내 것이었으면

그의 성적

그의 IQ

그의 키

그의 음감

그리고 그가 사는 매일매일

딱 10분만이라도

박홍준으로 살아 봤으면 좋겠다

하지만

어떻게 입어 보고 꾸며 봐도 나인걸

아무리 이렇게 시를 써도 나는 나인걸

빠르다

2학년 정찬영

영주가 나를 자전거에 태우고 신관초 옆 내리막길을 달린다
빠르다 영주는 계속 속도를 낸다
영주! 너무 빨라! 했지만
나만 믿어! 한다
결국 내리막길 끝 교회 옆 벽돌에 부딪힌다
영주는 빠르다 혼자 자전거에서 뛰어내린다
영주는 상처 하나 없다 나는 온몸이 상처투성이다
나쁜 유영주!

묵찌빠

3학년 석인혁

우리 반은 묵찌빠를 한다

돈을 걸고 한다

100원은 그냥 시시하다

500원은 조금 긴장된다

1000원이면 무섭다

선생님한테 안 걸릴라고

애를 쓴다

나도 하고 싶은데 무섭다

지는 애는 계속 진다

택시비를 벌라고 묵찌빠를 한다

막상 해 보면 진다

내일은 꼭

2학년 하성연

시험이 이틀밖에 남지 않아서 오늘은 꼭 공부하려고
여러 가지 교과서를 내 가방에 담았다
집에 와서 책을 꺼내서 공부를 하려 했지만
오자마자 한 것은 게임이었다
게임을 끄고 나서 공부를 해야겠다 생각하니 8시
책상을 펴자 집중도 안 되고 핸드폰만 만지작만지작
결국 책상을 접었다
내일은 꼭 공부를 해야겠다

차별

3학년 조민호

차별은 나쁜 것이다
하지만 그 어떤 선생님이
차별을 단 한 번도 안 했다고 할 수 있겠는가
반항이 아니다
사실 있는 그대로 표현한 것이다
차별받는 아이들은 불만을 표현하지만
선생님들은 한 귀로 듣고 한 귀로 흘리신다
제발 고쳐 주시길 바란다

공부

3학년 김준엽

공부를 안 해도
가끔 하고 싶을 때도 있다
공부가 하고 싶은 날,
공부를 하려 하면
네가 무슨 공부냐면서
비난이 쏟아진다
유일하게 칭찬을 해 주시는 선생님

그러나, 오늘부터는 다르다
나는 오늘부터 매일 공부를 열심히 할 것이다
공부를 안 해 102등까지 내려갔었지만
다음 시험은 60등이 목표다
공주고는 가야지

메르스

2학년 이영규

우리 교장 선생님께서는
손수건을 챙겨 다니라고 하셨다
교장 선생님께서는
기침할 때나 손을 닦을 때 쓰라고 하셨고
그래서 손수건을 챙겨 다니기 시작했다
1일째 아주 열심히 손수건을 이용했다
2일째 손수건이 장난감이 됐다
3일째 현재 가방 안에서 깊이 잠들어 있다

선생님

2학년 신수환

우리 담임 선생님은 말이 많다
뭐 하나 잘못하면 남기신다

우리 담임 선생님은 무섭다
뭐 하나 잘못하면 화를 내신다

나도 선생님이 되면
똑같이 해야지

그 시간

1학년 이성건

조마조마 기대하며 기다리는 그 시간
기다림의 한계에 다다를 때 바라보는
파랗고 푸른 운동장
창밖을 머엉~ 하니 바라보다가
선생님께 꾸중 들어도 괜찮다
다음 시간이 체육이니까

체육복을 입고 달려 나간 운동장
수업 내용이 끝나고 시간이 남으면
혹시 자유 시간이라도 줄까 봐 초롱초롱한 눈빛
'자유 시간 주세요……'
수업이 끝나면 아쉽고 허무해 어쩌나
그래도 괜찮다
체육 시간이니까

수학 쌤들이 보면 안 되는 시

2학년 이영섭

나는 수학이 싫다

수학 시간은 외계어를 공부하는 것 같다

수학 시간은 45분이 45년처럼 느리게 흘러간다

나는 수학이 너무 싫다

수학 기피 바이러스가 내 몸속에 있나 보다

10초의 기쁨

2학년 송석이

어느 맑은 날이었다

부모님께서 "석아, 성적표 왔어. 나와 봐."

하시기 전까지는 맑은 날 저녁이었다

눈앞이 깜깜해졌다 최대한 천천히 걸었다

내 방과 거실까지의 거리가 그렇게 짧게 느껴진 건 처음이었다

엄마는 웃지도 찡그리지도 않은 평소의 얼굴이었고 아빠는 TV를 보고 있었다

나는 남의 집 소파에 앉는 것처럼 머뭇거리고 앉아 내 성적표를 훔쳐보았다

뛸 듯이 기뻤다 성적이 꽤 잘 나왔다

이번엔 형이 공부를 도와준 덕분인가

정말 기뻤다

다음 시험도 이번처럼 잘 봐야 한다는 부담감이 몰려온다

망칠까 봐 걱정이다

편의점

2학년 유용석

배가 고파서 편의점에 갔다
삼각김밥, 라면, 빵, 과자 등이 있다
내가 좋아하는 불고기 삼각김밥
마침 불고기 삼각김밥이 하나 있다
기분이 좋다

계산을 한 뒤 전자레인지에 20초
김이 모락모락 난다
한 입 베어 물면 불고기와 밥, 김이
잘 어우러져서 꿀맛이다
이때만큼은
세상의 어떤 것도 부럽지 않다

세상에서 가장 맛있는 라면

2학년 이정탁

학교를 마치고
학원 가기 전까지
한 시간이나 남았군
여유롭게 라면 두 봉지를 집어
냄비에 물을 올리고
파는 넣되 계란은 넣지 말자
오늘은 담백한 맛보다
얼큰한 맛이 땡기는 걸
라면을 상 위에 놓고 뚜껑을 열면
뽀얀 김이 모락모락
라면이 내 마음을 아는지
면도 쫄깃하고
국물도 얼큰하다
국물에 찬밥도 말아 먹는다
세상에 부러울 게 없다

돌아온 형들

1학년 안중섭

군대에서 돌아온 큰형
수색대로 갔다 오더니
키도 커지고 근육이 생기면서 어깨도 넓어졌다
큰형이 부르면 긴장이 된다

작은 형도 제대했다
군대에 있을 때
목함지뢰 사건 때문에
걱정이 많이 되었다
군대 가서 키 크고 살도 많이 빠졌다

그런데 옛날과 달리 나도
사춘기가 오면서 혼자 있고 싶고
형이 나에게 장난치면 화가 난다

하루의 원동력

2학년 오창일

카톡 알림이 왔다 긴장된다

윤수 카톡일까?

윤수다!

들뜬 기분으로 놀자고 보냈다

"정문에서 만나자."

답장이 왔다

"ㅇㅋ"

날아갈 것 같은 기분이다

매일 윤수가 놀자고 카톡을 보내길 기다린다

오늘은 무얼 하고 놀까?

난 행복한 상상에 빠진다

6시부터 7시 사이

날아오는 윤수의 카톡

와이셔츠

1학년 김준형

학교 다녀오겠습니다!

녀석이 온다

구겨진 나를 휙 두르고

단추를 잠근다

아, 너무 덥네

나를 벗는다

의자에서 떨어져

벌레처럼 밟힌다

선생님 안녕히 계세요

집에 가는 길이다

갑자기 녀석이 훅 넘어가며

바닥이 나를 받는다

엄마, 저 다쳤어요

힘들고 고단한 녀석의 몸을 끌고
그대로 침대로 쓰러진다

옷걸이에 걸리지도 못하고
던져지는 나의 인생

엄마

2학년 오종묵

오늘도 아침이 밝았다

엄마가 나를 깨운다

나는 일어나자마자 짜증을 낸다

왜 이렇게 늦게 깨웠어! 소리를 지른다

엄마가 차려 준 밥도 먹지 않고 문을 세게 닫고 학교에 간다

그리고 엄마에게 짜증을 내서 죄송하다고 문자를 보낸다

그리고 그리고 다음 날도 짜증을 낸다

난 생각했다 이런 걸 받아 주는 건

이 세상에 우리 엄마밖에 없을 것 같다

꾀병

3학년 이건화

오늘이 바로 금요일이다
조퇴하고 싶은 생각이 팍 들었다
배가 아프다고 할까?
머리가 아프다고 할까?
머릿속엔 온갖 꾀병의 방법이 떠올랐다
수업 시간에 선생님한테 배가 아프다고 했다
그 순간 옆에서
"급식이 맛없다고 조퇴한대요."
그 한마디 때문에 조퇴를 못 했다
너무너무 슬펐다
다음엔 꼭 조퇴를 할 것이다

아, 짝사랑

3학년 유병현

5월달부터 강*휘는 음악 쌤을 짝사랑한다
하지만 적들이 너무 많다
임*연, 정*영, 김*규 등
불쌍한 내 친구
방학 때 학교 오고 싶어 미쳤을 거다
드디어 개학
갑자기 그가 다른 쌤 얘기를 꺼낸다
아무래도 음악 쌤을 좋아하는 걸 숨기려는 것 같다
오페라 구경할 때
정*영과 음악 쌤이 포옹을 했다
아이들은 모두 강*휘를 부른다
그의 얼굴은 정말 빨개졌다
마치 그의 얼굴에 여드름이 모두 터진 것처럼

KBO 리그

3학년 전현구

못하고 잘하고의 차이는 분명 있다
때문에 승자와 패자도 분명 존재한다
신명 나게 깨지기도 한다
아슬아슬한 차이로 질 땐 더 열 받는다

그래도 본다
1점, 2점
심지어는 10점 차라도
뒤집을 수 있는,
현실에선 일어나지 못할 일들이
가끔 일어나기 때문에

뒤 · 오태준

참선 · 맹정호

장난하니 · 우정희

내 꿈 · 임인수

비수 · 김윤호

마법의 4교시 · 장준수

설상가상 · 유시현

비행 청소년 · 노수훈

반장 · 신우진

수성 · 한수성

진짜 나는 누굴까 · 윤여찬

삐침 · 이의진

농구 · 기동현

몰래 한 일 · 권락균

지우개 · 이효택

작심이틀 · 이은혁

족구공 · 허용권

Monday · 한대휘

연필 · 양지훈

선생님이 미안하셨나 보다 · 이용성

형 · 정규원

4부
작심이틀

뒤

2학년 오태준

학교 갈 때 정문이 두려워
뒷문으로

수업 할 때 선생님 무서워
뒷자리로

밥 먹고 똥 나오는 곳이 뒷구멍인데
나는 똥인가 보다

참선

2학년 맹정호

수업하기 전 오 분씩 하게 된 참선

시끄러운 우리에게 과학 선생님이 시키시는 참선

눈을 감고 일 분 이 분 삼 분 사 분 오 분

눈을 뜨면 과학 선생님이 내가 눈 뜰 줄 알고 계셨던 것처럼

내 눈을 쳐다보고 있다

허거걱

이젠 착하고 재미있으신 역사 선생님에게까지

참선 바이러스를 감염시키셨다

역사 시간에도

일 분 이 분 삼 분 사 분 오 분

길고 긴 참선의 시간이 흘러간다

장난하니

2학년 우정희

7일 동안 5일이나 수업을 듣는다
시계는 왜 이렇게 안 가는지
쉬는 시간은 왜 그렇게 빨리 가는지
정말 인터스텔라 같은 일이다
책 꺼내고 화장실 가고 물 마시면 종이 울린다
시계가 장난치는 느낌이다

내 꿈

2학년 임인수

세상엔 멋진 건축물들이 많다

내가 한번 지어 보면 어떨까

달팽이집 고둥집 소라게집

멋진 집을 만들어 보고 싶다

만약 내가 집을 짓는다면

축하해 주는 사람이 많았으면 좋겠다

그렇게 되기 위해선 공부도 해야 되는데

비수

3학년 김윤호

성적이 나왔다
오늘도 주변 사람들은
못 본 것만 꼭 집어서
내 자존심에 비수를 꽂는다

사람들은 왜 온통
날 못 잡아먹어서 안달일까

왜 못하는 것만 보고
나를 판단할까
예의 바르다고 백 번 들어 봐야 소용없다
어차피 인격보다 성적이 강하고
잘하는 것보다 못하는 걸 부각시킬 테니까
그 사람들은 모른다
못하는 것만 집어 흉보다가는
결국, 모두가 비참해진다는 걸

마법의 4교시

2학년 장준수

머리가 말하길, 오늘 우리 급식 맛난 거 나오는 날
1교시, 내 머리만 오늘 급식 안다
2교시, 열린 창문으로 들어온 급식의 향기가 내 코를 채운다
코도 알았다
3교시, 코는 내 배에게 향기의 출처를 알려 준다
배도 알았다
4교시 모든 것을 알게 된 내 눈은 칠판이 아니라 시계를 향한다
모두 알았다
분침이 6을 가리키기 3, 2, 1초
내 다리는 마치 모든 것을 해결해 줄듯이 향기의 근원지로 달려간다
왔다, 이곳이다
나의 머리, 코, 눈 모두 인정한다
마지막은 내 혀가 평가한다
혀가 말하길, 오늘 우리 급식 맛난 거 나왔던 날

설상가상

1학년 유시현

잠에서 깨 보니 7시 50분

망했다 생각하며 10분 안에 씻고

봉황중을 우사인 볼트의 속도로 뛰어간다

가로수가 마치 담임 선생님처럼 보인다

등골이 오싹해져 비행기의 속도로 날아갔지만

이미 지각을 한 상태

선생님이 안 계시기를……

아! 하나님은 나의 작은 소망을 들어주시지 않는구나!

결국 늦잠을 잔 대가를 달게 받고

자리로 돌아가 3교시 음악 수행평가를 준비하려 했더니

아! 리코더를 집에 놓고 왔구나!

비행 청소년

2학년 노수훈

나의 초딩 4학년은 흑역사다
초딩 4학년 때는 날 건들 사람이 없었다
내가 너무 무서웠기 때문이다 ㅋㅋ
지금은 너무 착해져서 날 너무 건든다
건들지 말라고 하지만 소용이 없다
초딩 4학년 때 3명의 친구들과 시작한 '소심한 장난'이
ex) 수업 땡땡이, 욕하기, 때리기 등등
'소'자를 빼고 심한 장난이 되어 버렸다
ex) 사람한테 비비총탄 맞추기, 선생님한테 욕하기, 불장난 등등
난 부모님 때문에 벗어날 수 있었다
역시 부모님은 인생에 꼭 필요한 동반자라는 걸 알겠다
아, 초딩 4학년의 흑역사여 안녕

반장

2학년 신우진

피하고 싶었다
그런데 되고 말았다
처음으로 해 본 반장

어려울 줄 알았지만
이 정도일 줄은 몰랐다

애들이 반장, 반장 부른다
이러다가 내 이름이
반장이 되는 거 아닐까?

같은 반이었던 친구가 내년에 내 이름을 모를까
걱정이다

TV볼 때, 엄마 통화 중에 나오는
'반장'이란 말이 지금도 내 기분을 이상하게 한다

수성

3학년 한수성

태양계 중 태양과 가장 가까운 수성

하지만 빛나지 않는다 잘 보이지 않는다

대구광역시 수성구

수성대학교

북한의 수성평야

세상의 많은 수성

빛나지 않고

남의 눈에 잘 보이지 않지만

평야처럼 넓은 마음을 갖고 싶은

나는 수성이다

진짜 나는 누굴까

2학년 윤여찬

나는 자전거에 빠져 있다
금요일 밤, 주말만 되면 자전거 타러 나간다
평일 자기 전엔 자전거만 검색하고 공부는 조금 한다

엄마는 말한다 넌 학생이고 니가 할 일은 공부라고
그래도 자전거가 공부보다 좋은데
억지로 하는 것보단 하고 싶은 걸 하고 싶다

하지만 모든 것의 기초는 공부 같다
공부를 해야 할까?
하고 싶은 걸 해야 할까?
진짜 나는 누굴까?

삐침

3학년 이의진

나는 단단히 화가 나 있다

친구가 내 스마트폰 패턴을 어찌어찌 보고서는 가지고 도망갔기 때문이다

하지만 난 그런 일 따위로 화내는 속 좁은 인간이 아니다

가져간 스마트폰으로 게임 정도만 했으면 좋았을 텐데

카카오톡에 들어가서 아무 여자나 찝어서 가짜 고백을 한 것이 문제다

한시라도 빨리 해명을 해야 해서

스마트폰을 돌려 달라 애원했는데

일만 계속 벌였다

새키가 장난도 정도껏 쳐야지

하루 정도는 삐쳐 있을 것이다

농구

2학년 기동현

오늘도 역시나 몸싸움을 한다
너무나 과격하게

나는 제1의 반칙왕이다
나도 인정한다 안 하고 싶지만
모두가 날 반칙하게 만든다
키가 큰 친구의 팔꿈치가 머리를 칠 때도 있고
발에 걸려 넘어질 때도 있다

나는 욱 하는 성질이 있다
애들이 공을 가지고 달리면
골대에 넣지 못하게 심하게 밀치고
잡아당기고
한번 시작하면 끝이 없다

미안하다

하지만 난 반칙왕이 되고 말거다

몰래 한 일

1학년 권락균

화장실에 살금살금 들어가

변기통을 조심스럽게 열고

아랫배에 힘을 끙!

퐁당!

혹시 애들한테 들켰나?

내 마음은 두근두근 콩닥콩닥

애들은 갔나?

휴지로 닦고 조심스럽게 물을 내리는데

우르릉 콰광 쾅!

소리가 너무 커서 들켜 버린

화장실에서 몰래 똥 싸기

지우개

3학년 이효택

지우개는 틀린 것을 지운다
쓱싹쓱싹
잘못 쓴 것도 지운다
쓱싹쓱싹

내 잘못된 행동도 지웠으면
내 성적도 지웠으면
생활기록부도

지우개로 지울 수 있다면
내 인생을 지울 것이다

작심이틀

2학년 이은혁

항상 유혹의 손길에 이끌린다

금단의 그것이 야동

그만 봐야지

그러나 이틀 뒤면 또 보고 있다

아, 야동 끊어야지

오래 가도 이틀이다

하, 언제 끊냐 이제 그만 좀 봤으면

하면서 나는 또 보고 있다

족구공

2학년 허용권

족구를 했다

처음 안 사실

족구공은 자유롭다

어디로 튈지 모른다

우리와는 전혀 다른 사고방식을 가졌다

우리는 정해진 시간과 공간 안에 있는데

우리 사이를 오가는 족구공은 이상하게 자유롭다

Monday

3학년 한대휘

일요일 밤

나는 떠올렸다

몇 시간 뒤면 일요일은 끝나고

월요일이 시작된다는 걸

5일 동안 학교에 다녀야 한다는 걸,

아침마다 졸음과 싸워야 한다는 걸

만약 월요일이 사람이라면

얼마나 욕을 먹었을까

생각하며 조용히 이불 속에서 눈을 감았다

연필

1학년 양지훈

날 급하게 빌려 가는 애들
날 물어뜯거나 돌리는 애들

날 쓰다가도 심이 부러지면 내팽개치고
급히 펜을 집는 아이들

뭐가 그리 바쁘길래 저리 급하게
연필 깎을 시간도 없이 사는 걸까

내가 필통 속에서 잠을 잘 때도
주인은 책에 코를 박았다
학생은 저렇게 고달픈 걸까?

연필로 태어난 것이
내 인생 최고의 행운인 것 같다

선생님이 미안하셨나 보다

2학년 이용성

준비물이 과자였던 수학 시간이었다

숙제 검사를 시작했다

선생님께 책에만 풀었다고 했다

"이 짜식이 죽을라고."

"쌤 저 숙제가 있는지 몰랐어요."

선생님께서 머리를 한 대 더 때리고 말씀하셨다

"숙제가 있는지도 몰라?"

"저 어제 조퇴해서 몰랐는데요."

선생님은 당황하셨다

"그런 건 일찍 말했어야지 인마."

20분 후 과자를 먹고 있는 나에게 선생님이 오셔서 말씀하셨다

아팠냐?

난 아니요, 라고 했다 선생님은 과자를 하나 집어 가셨다

형

3학년 정규원

우리 형은 집에 일 년에 한 번 올까 말까다

형을 보려면 서울까지 가야 되는데

너무 멀다

형은 한국체대에 다닌다

형은 참 대단하다

힘든데 잘 버티는 게 신기하다

나도 육상하기 싫은데

형은 어떻게 버텼을까

나는 형이 부럽다

육상도 잘하고

심지어 공부도 잘한다

집에서도 형을 더 좋아한다

그래도 괜찮다

나도 형이 좋으니까

해설

생명력의 시에 감염되어 보자

오철수 | 시인 · 평론가

시집을 읽으며 우선 낄낄거리고, 그 생생함과 정직함에 소름 돋고, 그 지혜로 한 뼘씩 키가 크는 체험을 한다는 것은 얼마나 즐거운 일인가! 그래서 한마디 하고 싶습니다. 아직도 그리고 영원히 아이들은 살아 있고, 살아서 관계의 지혜를 만들고 살아 있는 세상을 만든다고 말입니다. 그러니 나이로 그 인격을 말할 수 없습니다. 모든 생명체는 그 순간 그 있음으로 완전한 것입니다. 그 지혜 역시 양상만 다를 뿐인 귀중한 생의 자산입니다. 오히려 아이들을 어른들과 대비시켜 생각한다면, 어른들의 '오래된 미래'라고 할 수 있습니다. 까닭은, 적어도 아이들의 모든 언어는 자신들의 생명적 몸과 관심에서만 움트기 때문입니다.

지금 우리는 그런 생명적 아이들의 세계로 걸어가고 있는 중입니다.

그럼 그 길에서 만나는 아이들 서정의 특징은 무엇일까요?

첫 번째 특징은, 아이들은 생명적 관심과 요구를 우선시한다는 것입니다.

보통의 어른들은 자신의 몸을 이래저래 엮고 있는 '너는 이래야 한다'는 사회적 명령들에서 시작합니다. 하지만 아이들은 자기의 생명력에 근거하여 보고 느끼고 생각하며 '너는 이러해야 한다'는 생각을 대상화하여 자기를 말합니다.

다음 시를 읽겠습니다.

혼날 때

3학년 김태민

부모님께 혼날 때를 생각해 보면
늘 같은 유형이다
말대꾸하면
뭘 잘했다고 말대꾸야!
말 안 하면

대답 안 해!?

다른 데 보고 있으면

엄마 얼굴 똑바로 봐!

얼굴 똑바로 쳐다보면

눈 안 깔어?

어쩌라는 거지?

"부모님께 혼날 때를 생각해 보면 늘 같은 유형"이 반복됩니다. 같은 유형이 반복될 수 있는 까닭은 사회가 요구하는 어떤 틀을 대리하기 때문입니다. 가정이 사회적 요구를 일차적으로 대행하는 구조가 된 것입니다. 그 방법을 보십시오. "말대꾸하면/ 뭘 잘했다고 말대꾸야!"라고 사회적 위계를 강요합니다. 더 이상 그 관계는 생명적 관심이나 나눔이나 파트너십이 아닙니다. '뭘 잘했다고'에는 이미 고정된 관계가 있고 사회적 명령을 집행하는 자의 모습만 있습니다. "말 안 하면/ 대답 안 해!?"라고 취조하는 자의 모습을 보입니다. 이런 취조의 조건은 '알고 싶다'가 아니라 옳은 것은 있고 너는 그것을 기준으로 조정되어야 한다는 무의식이 깔려 있습니다. 그게 불편해 "다른 데 보고 있으면/ 엄마 얼굴 똑바로 봐!"라고 합니다. 그 얼굴은 권력을 환기하는 표상입니다. 아이와 호응하는 생명적 표현이 아니라 아이의 생명적 흐름을 멈추게 하는 벽입니다. 그 벽의 요구는 "눈 안 깔어?"입니다. 이 전체를 관통하는 힘은 '너는 나를 따라야 한다'이거나 '너는 사회적 명령을 따라야 한다'입니다. 그리고 그것이 반복유형이 된다는 것은 생명력에 대한 절대적 지배와 통제입니다. 물론 그것이 사회적 필요이기는 하지만 생명적 아이가 원하는 것은 자신의 생명적 필요에서 시작되는 사회적 필요입니다. 가장 소중한 것은 자신의 생명적 관심과 필요입니다. 애당초 그 관심이 파괴된 형식에서는 올바른 사회적 필요가 만들어지지 않습니다. 생명적 관심과 필요를 배제하면 물질적 관심과 필요를 요구하는 관계로 됩니다. 그러니 "어쩌라는 거지?"라고 묻는 것입니다. 생명적 아이는 계속 생명적 관심과 필요를 요구하는 것입니다. 아이들이라고 하여 사회적 요구를 무조건 부정하지 않습니다. 자기의 생명적 필요 안에서 사회적 요구를 다시 생각할 뿐입니다. 그러니 아이들의 세계를 본다는 것은 나를 대신하고 있는 사회적 명령을 다시금 생명적 요구로 점검해 보는 기회입니다.

두 번째 특징은, '생명은 외부적 억압을 싫어한다'는 지극히 자연스럽고 평범한 가치를 고수한다는 것입니다. 그러니 아이들은 생명적 욕구를 기준으로 옳고 그름을 생각하며, 생명적 관계로 이 세상을 새롭게 디자

인하고 싶어 합니다. 물론 아이들에게 그럴 만한 힘은 없습니다. 하지만 사회적 명령 대신 생명적 욕구를 가치 기준으로 삼으려는 태도는 반생명적 삶이 전면화된 어른들 세계에 대한 반성적 이미지를 줍니다.

다음 시를 읽겠습니다.

Monday

3학년 한대휘

일요일 밤
나는 떠올렸다
몇 시간 뒤면 일요일은 끝나고
월요일이 시작 된 다는 걸
5일 동안 학교에 다녀야 한다는 걸
아침마다 졸음과 싸워야 한다는 걸
만약 월요일이 사람이라면
얼마나 욕을 먹었을까
생각하며 조용히 이불 속에서 눈을 감았다

"만약 월요일이 사람이라면/ 얼마나 욕을 먹었을까"라고 생각할 줄 안

다는 것의 의미는 무엇일까요? 첫째, 월요일 자체는 어떤 죄도 없음을 안다는 것입니다. 둘째, 어떤 관계 안에서 죄는 생긴다는 것입니다. 아침마다 졸음과 싸워야 하는 "5일 동안 학교"로 포위된 관계이기 때문에 욕먹는 월요일이 됩니다. 셋째, 따라서 그 관계를 유지하는 방식은 옳지 않으며 욕을 먹어 마땅하다는 것입니다. 넷째, 이런 관계를 변화시키는 것에서 생명적 희망이 만들어질 수 있음을 생각합니다. 비록 지금은 "조용히 이불 속에서 눈을 감"지만 생명적 힘은 옳고/그름과 바람직한 변화를 꿈꿉니다. 실제로도 5일 동안 아침마다 졸음과 싸우는 틀에 박힌 학교 생활의 변화만이 욕을 먹지 않는 월요일을 가능하게 할 수 있습니다. 물론 사회적 명령은 이런 욕을 먹는 월요일이라는 장치를 통해 사회에 순응할 수 있는 자동인형 같은 인간을 양성할 것입니다. 그래서 생명적 아이는 "만약 월요일이 사람이라면/ 얼마나 욕을 먹었을까"라고 생각하는 것입니다.

세 번째 특징은, 사회적 명령과 부딪칠 때는 자기들 방식으로 재미를 만들어 낸다는 것입니다. 물론 힘이 있으면 바꾸겠지만 그렇지 못할 때도 그냥 순응만 하지 않고 생명적 대응을 하며 재미를 도입하는 것입니다. 그것이 일차적 명령보다 더 심한 스트레스로 귀결될지라도 그를 통해 생명적 힘의 균형을 찾으려는 것입니다.

다음 시를 읽겠습니다.

PC방 가자

2학년 권호영

오늘부터 금요일까지 시험 기간이다

게임하는 친구, 책 보는 친구, 공부하는 친구

1교시가 시작되었다

첫 시간부터 영어다

시험지 넘어가는 소리

침 삼키는 소리

이 가는 소리

손톱 무는 소리

시험이 끝나고

친구들은 답을 맞춰 보기 바쁘다

망했어!

망한 사람, 오늘 PC방 가자!

여기저기서 소리친다

"망한 사람, 오늘 PC방 가자!"가 실제로 실행될지 어쩔지는 모르지만 그 외침을 통해 아이들은 현실로부터의 도망이 아니라 짓눌림으로부터의 생명적 균형을 얻습니다. 1교시의 망친 기분으로 2교시를 맞이하면 좋을 까닭이 없기 때문에 "여기저기서 소리친다"를 통해 긴장이 만들어낸 몸을 풀어 상황을 일신하는 것입니다. 그러니 여기저기서 소리치는 것은 단지 시험 망친 사람들의 숫자가 아니라 오히려 짓눌린 생명적 힘이 서로를 모아가며 생명적 리듬을 만드는 것이 됩니다. 그 리듬은 어쩌면 웃음을 만들어 내기도 할 것입니다. 왜냐하면 "망한 사람, 오늘 PC방 가자!"가 "여기저기서" 반복될 때 생명적 기운의 상태 변화가 일어나는 틈이 생길 것이기 때문입니다.

네 번째 특징은, 아이들이 가볍게 어제의 자기를 넘어서고 있다는 것입니다. 이때 넘어서는 힘은 외부적으로 주어지는 것이 아니라 그의 삶의 활동을 통해서입니다. 예를 들어 "물속에 담긴 찌가 서서히 올라온다/ 그 순간 낚싯대를 손목으로 톡 치면/ 입에 걸려 올라온다/ 그때의 손맛은 정말 죽인다/ 안 잡히는 날도 있지만 그때는/ 하염없이 붕어들을 기다린다/ 기다리면 언젠가는 온다/ 낚시는 기다림이다/ 기다리는 것도 재미있다"(「낚시는 기다림이다」 2학년 서동혁)를 보십시오. '손맛'이 무엇인지 알기에 '기다리는 것도 재미있다'고 말할 수 있는 단계로 그의 활동을 통해 넘어섭니다. 이런 넘어서기가 가장 고전적인 형태라면, 학교 다니는 아이들은 서로를 반면교사로 하여 넘어서는 성장을 합니다. 관계 속에서 관계를 유지하며 저마다 성장하는 것입니다. 때문에 그 성장은 관계를 무시하지 않습니다. 오히려 넘어선 자기의 긍정을 통해 어제의 관계 속의 자신도 긍정하는 것입니다.

다음 시를 읽겠습니다.

내 친구 박 모 군

3학년 우호준

박 모 군은 입만 살았다
선생님들께 맨날 혼날 때도
핑계만 대고 잘못을 인정하지 않는다
핑계가 안 통하면 울먹거린다
박 모 군이 울기 전에 하는 세 가지가 있다

첫 번째 머리를 흔든다

두 번째 눈을 깜박거리며 위를 본다

세 번째 입을 벌리며 한숨을 쉰다

마치 우리나라의 국회의원을 보는 것 같다

핑계만 대고 있는 모습을 "마치 우리나라의 국회의원을 보는 것 같다"고 말하면서도 내 친구 '박 모 군'이라고 합니다. 그가 여전히 내 친구일 수 있는 까닭은 자신이 "핑계만 대고 잘못을 인정하지 않는" 상태를 넘어섰기 때문입니다. 넘어섰기에 핑계만 대는 아이의 세 가지 특징을 정확하게 보지만, 그것은 자기가 깨고 나온 알의 모습일 뿐입니다. 잘못을 인정할 수 있을 만큼 자기의 생명적 능력이 더 커졌기에 그런 모습을 미워하지 않고 오히려 새로운 관계로 발전시킬 수 있는 "내 친구"라고 분명히 하는 것입니다.

이렇게 아이들의 세계는 그 존재의 생명적 완전함의 지혜를 표현합니다. 때문에 중학생들이라고 하여 미성숙을 말하는 것은 잘못입니다. 생명적 지혜에는 미성숙이라는 말이 성립되지 않습니다. "학교 갈 때 정문 가기 두려워/ 뒷문으로// 수업 할 때 선생님 무서워/ 뒷자리로// 밥 먹고 똥 나오는 곳이 뒷구멍인데/ 나는 똥인가 보다"(2학년 오태준 「뒤」)라는 시를 보십시오. 그 인식이 오히려 그런 뒤를 만들며 기만적인 허위의식에 빠진 자들에 대해 생명적 조롱을 하고 있는데, 어떻게 그게 미성숙이겠습니까. "학교를 마치고/ 학원 가기 전까지/ 한 시간이나 남았군/ 여유롭게 라면 두 봉지를 집어/ 냄비에 물을 올리고/ 파는 넣되 계란은 넣지 말자/ 오늘은 담백한 맛보다/ 얼큰한 맛이 땡기는 걸"(2학년 이정탁 「세상에서 가장 맛있는 라면」)이라고 생의 입맛을 말하는데, 어떻게 미성숙이라고 할 수 있겠습니까. 물론 아이들은 자기의 생명적 힘을 더 즐길 때이기에 지혜의 형상으로 만드는 것이 다급하지는 않습니다. 아니 어쩌면 자신들의 생명적 지혜가 '공부, 공부, 공부……'라는 과도한 요구에 질식당하는지도 모르고 있습니다. 하더라도 아이들은 지금 자기의 생명적 완전함을 노래할 줄 압니다. 그 노래가 이렇게 묶여서 우리 앞에 온 것을 진심으로 기뻐합니다. 또 그럴 수 있도록 아이들의 생명력을 믿고 이끌어 준 최은숙 선생님께도 고맙습니다.